I0551463

©

Ye

7724

Ye

7724

LE ROY
DE SVEDE
RESVSCITE.
A SON ALTESSE
DE VVEIMAR.

De l'Inuention de GRENAILLE.

A PARIS,

Chez IEAN PASLE', ruë S. Iacques,
à la Pomme d'Or, pres S. Seuerin.

M. DC. XXXIX.

A SON ALTESSE
DE
VVEIMAR.

MONSEIGNEVR.

 *Voſtre* ALTESSE *vit
mourir ce Prince, que ie luy fais voir
reſuſcité, & conſerua le credit de ſon
Party dans ſa plus grande diſgrace.
En ſuite elle a teſmoigné par ſa*

A ij

vaillance, außi bien que par son bon-
heur, que si l'Allemagne a fait perte
d'vn Liberateur estranger, elle en
trouue vn autre en la personne d'vn
de ses Princes. Les grands exploits de
V. A. qui ont ietté tous ses ennemis
dans l'effroy, & tous ses Alliez dans
l'admiration, monstrent assez qu'en
la loüant, on ne me peut blasmer que
de trop de discretion. Les Suedois
sembloient estre fort affoiblis si Elle ne
les eut fortifiez par son secours, & il
semble que la Liberté Germanique
n'a point esté esbranlée, que pour ren-
contrer vn si bon Appuy. Nous espe-
rons encore que la grandeur des effets
que nous verrons, couurira ceux qu'on
a veus, & que V. A. ayant réta-
bly ses Voisins, se fera rendre par les
armes ce que l'injustice rauit à ses illustres Predecesseurs. Cét Electorat, qui

semble estre à deux Maistres diffe-
rens, en punition de ce qu'il n'est pas
à son legitime Seigneur, se dispose
maintenant à le receuoir, & V. A.
n'eust pas pris la meilleure Clef du
Pays, si toutes les portes ne luy deuoient
estre ouuertes. Le Duc de Saxe, par des
desseins particuliers, empescha le bien
Cõmun, mais nous croyons que V. A.
qui neglige ses interests, pour auoir soin
de sa Patrie, les auancera mieux dans
les auantages publics. Attendant les
euenemens de ces beaux presages, ie
luy offre l'image de ce grand Roy, qui
ne s'asseuroit iamais de la Victoire, qu'en combatant auec le Duc de
VVEIMAR, & qui l'employoit tous-
jours en ses Conseils, comme en ses
plus importantes entreprises. Vn ob-
ject si heroïque plaira sans doute aux
yeux d'vn tres-illustre Heros, & luy

fera regarder auec quelque sorte d'a-
gréement, sinon le dessein, au moins le
desir de celuy qui est,

DE VOSTRE ALTESSE,

De Paris ce
18. May 1632.

Le tres-humble, & tres-
obeïssant seruiteur,

GRENAILLE.

Ouuerture au Poëme suiuant.

Voy qu'vn bon Peintre ne doiue pas expliquer son intention sur son tableau, puis qu'elle y doit assez paraistre d'elle mesme, i'estime neantmoins qu'il est permis de descouurir son dessein dans la *Peinture Parlante*. Entre toutes les productions de la Poësie, le Poëme, qu'on appelle *Heroique*, comme il a de plus illustres sujets, l'emporte pareillement en excellence sur tous les autres. Il n'y peut rien auoir que de magnifique, où l'on ne traite que de grandes choses, c'est pour cela que les ouurages de cette façon demandant beaucoup de Genie, ne tiennẽt rien ny de la Mollesse, ny de la Familiarité. Les Arguments s'en prennent dans les Histoires, & l'Art adjoûte les embellissemens à la Narration; ou bien on inuente tout, auec cette précaution, que ne suiuant pas la Verité, on doit tousiours suiure la vray-semblance. L'Inuention est l'ame du Poëte aussi bien que de l'O-

rateur ; & ie ne fuis point de l'opinion de ces
gens-là, qui fous couleur de rejetter toutes les
fables des Anciens, ne feignent rien de nou-
ueau. Ce n'eſt pas que pour faire vne Ode à
l'honneur de L o v i s l e I v s t e il faille re-
courir au Roy Priam, & pour parler de la Pu-
celle d'Orleans, implorer le fecours des neuf
Vierges du Parnaſſe, mais auſſi nous deuons
faire des Fables à l'exemple des plus grands
hommes des autres fiecles, & pour ne pas s'at-
tacher feruilement à l'Antiquité, produire
quelque chofe de Moderne. Autrement certes, on n'eſt ny Poëte, ny Hiſtorien, & tel pen-
fe mettre au iour vn ouurage de longue halei-
ne, auec force ſtrophes, & des pointes re-
cherchées, qui ne fait qu'vne nuë expofition,
ou vn tiſſu d'Epigrammes. Or ie dis cecy,
non pas pour reprendre les autres, mais pour
authorifer mon deſſein, & moins pour cenfu-
rer tant de beaux ouurages qu'il faut loüer,
que pour éuiter la cenfure du mien.

I'en ay pris le fondement dans l'Hiſtoire, &
le reſte vient du caprice de mon imagination.
Il a paru de rares Panegyriques du Roy de
Suede, tant durant fa vie, qu'apres fa mort,
mais ie fuis le feul qui l'ait fait voir *refufcité*. Ie
fçay bien que ce n'eſt pas vne apparition ré-
elle, mais auſſi n'eſt-elle pas hors d'apparence,
à prendre les chofes dans la poſſibilité, pluſtoſt
que

que dans leur effet, & les mysteres que ie cache sous l'enueloppe d'vne Vision, font voir que la Raison y agit autant que la Fantaisie. Et pour en donner quelque éclaircissement en particulier, ie veux faire icy vne reflexion generale sur l'Estat de l'Allemagne, & monstrer l'ordre & la disposition de mon ouurage dans la constitution & la suite des affaires. La Fortune des Grands n'a pas de moindres reuolutions que celles des autres. Il n'y a qu'vn Roy, dont les desseins ne peuuent non plus changer que sa nature; c'est DIEV. Tous les autres ont presque autant de mauuais éuenemens que de bons succés. *Le Roy de Suede* sembloit estre venu à bout de ses desirs aussi bien que de toutes ses entreprises, il auoit releué hautement ceux que la maison d'Austriche auoit abaissé, & rendu les Allemans en effet libres, bien que lors qu'il vint en leur pays, ils ne le fussent que de nom. La memorable Victoire qu'il gagna deuant Leipsic, le fit plustost passer en Triomphateur qu'en Combatant depuis la Saxe iusques au Rhein. Sa gloire neantmoins estant immortelle, il perdit la vie à la bataille de Lutzen; mais son trespas anima tellement ses gens, qu'ils resterent maistres du champ du Combat, encore que leur Chef fut terrasé. Le Duc de WEIMAR fit parestre en cette occasion son adresse aussi grande que son

B

courage , ayant conuerty les Cyprés de ce
grand Mort en Palmes & en Lautiers : Mais
comme les armes font iournalieres, & que
pour éprouuer la conftance des Conquerans
la Fortune fe plaift à les trauerfer; les Suedois
perdirent à la journée de Nortlinguen les
auantages qu'ils auoient gagnez en tant de di-
uerfes rencontres. Il fembloit que la Victoire
les auoit quittez auec leur Prince Victorieux.
Ils fe renfermerent dans les places , ne pouuant plus tenir la Campagne , & comme
ils auoient force difficulté à fecourir celles
qu'on affiegeoit, les Imperiaux les prenoient
fans beaucoup de peine. Dans cette fatale con-
jon&ture, les Eftats d'Allemagne qui s'eftoient
rangez du cofté des Suedois à caufe qu'il leur
eftoit auátageux, l'abandonnerent fort lache-
ment pour fuiure ailleurs vne meilleure Fortune. Le Saxon par vne honteufe compofition
attira la guerre en fon païs , pour en deliurer
les terres de l'Empereur; les villes libres s'affu-
jettirent à l'Ennemy; en fin tous les Cercles
faifoient à l'enuy à qui trahiroit mieux le Pays
pour fe rendre à celuy qui les vouloit tous op-
primer. Apres tout, ces Maiftres de l'Allama-
gne deuiennent conferuateurs d'vn coin de la
Pomeranie; ces defertions leur font tout quitter, fors vne bonne refolution de mieux faire.

Ceux qui dans ce general abandonnement
s'attacherent le plus fortement au Party le

plus legitime, quoy qu'il femblaft le plus dan-
gereux, furent le Duc Bernard de Weimar,
& le Marefchal Banier, dont les Victoires font
auffi nombreufes que leurs combats. Le Lantgraue de Heffe aima mieux à la verité rompre
que fléchir, mais la fin de fa vie étouffa fon am-
bition genereufe, & ceux qui commanderent
fes troupes aprés luy, ne fuiuirent pas fes or-
dres. Le Roy Tres-Chreftien tafchoit bien de
fecourir fes alliez, mais il ne vouloit pas, fans y
eftre manifeftement contraint, choquer dire-
ctemét l'Empire; Les Suedois donc voyát que
leurs Partifans eftoient les vns douenus leurs
ennemis, & que les armes des autres ne leur
eftoient qu'auxiliaires, furent pluftoft abba-
tus par le malheur du temps, que par les forces
d'autruy. Ils femblerent neantmoins n'auoir
ceffé de vaincre que pour refpirer, afin d'eftre
plus difpos à faire d'autres conqueftes. En effet le Duc de WEIMAR affifté des troupes
Françoifes, s'eftant faifi de Hohentuiel & de
Brifac, s'eft affeuré de deux importantes for-
tereffes, & ayant pris quatre Generaux de l'armée de l'Ennemy, a gagné plufieurs Victoires
en vne. D'ailleurs, le Marefchal Banier a tour-
né tefte contre les Imperiaux lors qu'ils le
pourfuiuoient en queüe, il eft reuenu de la
Pomeranie vers la Bohéme, a défait à Kem-
nits ceux qui croyoient qu'il n'oferoit les
approcher, & fait voir à la maifon d'Auftriche

qu'elle branle le plus, lors qu'elle croit estre mieux asseurée. Or ce renouuellement d'vn Party auec lequel nous auõs d'anciennes & de nouuelles alliances, m'a fait conceuoir ce petit ouurage, pour faire reuiure en figure vn grand Monarque, dont les projets viuent encore, & qui peut se vanter d'estre la premiere cause des grandes executions que les secondes produisent. Ce Poëme donc ayant vne si belle matiere ne sera pas mal receu, quoy qu'il n'ait pas vne riche forme. Tout ce qui est veritablement illustre, porte son éclat en soy-mesme; & puis qu'il est aussi tost conceu, que nous auons sceu les nouuelles de son sujet, on ne se doit pas estonner s'il n'a pas tous ses ornemens, & qu'vn Autheur en son commencement n'acheue pas ses ouurages. Les pieces de la qualité qu'est celle-cy, ne sçauroient estre agreables si elles n'estoient nouuelles, & ne sçauroient auoir beaucoup de polissure, qu'en perdant la nouueauté. Si i'ay premierement produit ce mesme Poëme en Latin, ç'a esté pour le rendre plus general, & pour plaire aux estrangers aussi bien qu'à nos François, & si ie le fais parestre à present en nostre langue, c'est pour voir nos prosperitez en voyant celles des alliez de cette Couronne. En fin ie supplie le Lecteur d'excuser mes fautes, s'il est habile, & s'il ne l'est pas, d'apprendre à mieux faire auant que de mal parler de ce que les autres font.

LE ROY DE SVEDE
RESVSCITÉ.

A SON ALTESSE DE WEIMAR.

POEME.

GVSTAVE *n'est pas mort, bien qu'il soit au tombeau;*
Il est entré dedans, pour en sortir plus beau,
Ayant perdu la vie, en gagnant la Victoire,
En fin il la reprend pour acheuer sa gloire.
Et certes vn HEROS *mis au nombre des Dieux*
Ne deuoit pas mourir, que pour viure comme eux.
ESPRITS *qui sçauez tout, ayant veu toutes choses,*
Qui sondez les effets dans le fonds de leurs causes;
Vous qui fustes rauis d'auoir perdu le iour,
Pour voir ce grand Soleil en vn sombre sejour;
Declarez aux Mortels quelle force immortelle
Luy fit vaincre la mort, quoy qu'il fust vaincu d'elle.
La Terre en ce point-là deuoit ceder aux Cieux,

B iij

GVSTAVE *eſtoit trop grand pour eſtre en ces bas*
   lieux ;
Les effets de ce Dieu ſurpaſſant la Nature,
Deuoit-il viure encor comme vne creature ?
Et ſa grandeur icy ne pouuant plus monter,
Les Dieux pour l'agrandir , le deuoient emporter.
Il auoit triomphé dans toutes les Batailles,
Et reſté touſiours ſain parmy les funerailles ;
Les peuples Allemans eſtoient tous Suedois,
Et les AIGLES *plioient humblement ſous ſes loix ;*
Lors qu'vn iour combattant les forces de l'Empire
Il les rompt en effet , neantmoins il expire ;
Dedans le Champ d'honneur la mort vint attaquer
Celuy que les viuans n'auoient oſé choquer ;
Son Laurier ne produit qu'vn Cyprés déplorable ,
Et ſon Party Vainqueur eſt le plus miſerable ;
Il eſt au deſeſpoir ; quoy qu'il ſoit ſans effroy ;
Quel auantage a-t'il ayant perdu ſon Roy ?
Son Triomphe en effet ſemble eſtre ſa défaite,
Tous les membres ſont morts ſeparez de la teſte,
Chacun ſouhaitteroit d'auoir eſté vaincu,
Pourueu que par ſa mort ſon Prince euſt ſuruecu ;
L'Allemagne gemit voyant que ſa Vaillance
Luy rauit ſon Appuy , comme ſon Eſperance ;
Mais ſon Liberateur eſt pourtant bien-heureux ,
Car pour vne Couronne il en poſſede deux.
Il n'euſt ſceu triompher dignement ſur la terre
Où l'on ne vit en paix qu'au milieu de la guerre ,
Il cherche donc ailleurs ce qui luy manque icy ,

Et prenant du repos, nous laiſſe du ſoucy ;
Cette premiere perte en cauſe vne ſeconde,
La Victoire ſuiuant le Vainqueur hors du monde,
Comme elle accompagnoit ſes deſſeins, & ſes pas
Elle croit n'eſtre plus, quand GVSTAVE n'eſt pas,
Le deuoir & l'amour l'obligent à le ſuiure,
Deſirant le reuoir, elle ne veut plus viure,
Cette Deeſſe donc qui nous rend immortels,
Quitte ainſi pour vn Mort, ſa vie & ſes autels.
   Terre de Liberté te voila delaiſſée !
Tu ne te releuois que pour eſtre abbaiſſée !
Pourras-tu ſubſiſter n'ayant plus ton apuy ?
Et viure apres ce Roy ne viuant que par luy ?
Les Aigles qui rampoient tantoſt deſſus la terre,
S'enuoleront bien haut exciter le tonnerre,
Et le calme de l'air ſera tant plus troublé,
Que comme leur aigreur, leur force a redoublé,
La cruauté les pique, auſſi bien que la rage,
Et la faim qu'elles ont augmente leur courage,
Le Monde eſt trop petit dans toute ſa grandeur,
Pour pouuoir à ce coup ſuffire à leur ardeur.
La contrainte ſouuent accroiſt la violence,
Qui pardonne par force, eſt aprés ſans clemence,
Et qui croit triompher d'vn puiſſant ennemy,
Peut perir tout à fait, s'il ne vainc qu'à demy
On tire du renfort par fois de ſa foibleſſe,
Et tel veut ſe roidir, qui plie par ſoupleſſe.
Comme on voit vne digue au milieu de la mer,
Contre qui tous les flots ne peuuent qu'eſcumer,

Parmy les mouuemens elle est inébranlable,
Et le courroux des eaux la trouue redoutable ;
Mais si tost qu'elle cede, on voit que leur fureur
Ayant eu plus d'obstacle, a beaucoup plus d'horreur.

Le Party Suedois trouué en vne iournée
Son bon-heur malheureux, & sa gloire bornée,
Il espere tout vaincre, & il se voit défait ;
Son dessein le meilleur n'a qu'vn mauuais effet ;
Les villes qu'autrefois il auoit deliurées,
Quittent ses interests auecque ses liurées ;
Et ceux pour qui GVSTAVE auoit donné son sang,
Se donnent à celuy qu'ils croyent plus puissant ;
Wisbourg, Francfort, Mayence, en fin chaque
    Prouince
Cherche à perdre ses droits, ayant perdu ce Prince ;
Ces Peuples affranchis n'ont plus de liberté,
Ce que la force acquit, se rend par vn Traité.
Vne seule Maison possede l'Allemagne,
L'Austriche en prend sa part, le reste est à l'Espagne ;
En fin nos Conquerans n'ont plus qu'vne Duché,
Où leur courage est moins affermy, qu'attaché.

Quel funeste reuers ? receuoir vne grace
Pour voir vn grand malheur succeder en sa place ?
Auoir quitté le joug pour estre plus chargé ?
Courtiser l'Ennemy pour se voir soulagé ?
Faut-il donc que les bons souffrent tant de miseres !
La Ioye & la Vertu sont elles si contraires !
Le Maistre a-t'il du droit moins qu'vn Vsurpateur ?
Et le Droit méme est-il vn mauuais Protecteur ?

                                        Peut-on

Peut-on d'Iniquité foupçonner la Iuſtice,
Et quand on fait du mal, l'en declarer complice?
Non; le fort doit changer, & la vigueur des loix
Pour nous laiſſer choquer, n'offenſe pas nos droits;
Ces Maiſtres violents cederont à la force,
Ce n'eſt que pour mourir qu'ils ont pris cette amorce.
    Cette Nymphe en effet, qui dedans ſon païs,
Voyoit tous ſes enfans ou traiſtres, ou trahis,
Meſme en ſon deſeſpoir conçoit de l'eſperance,
Et change de climat, ſans changer de conſtance;
Elle s'en va chercher au païs du bon-heur,
Vn remede à ſon mal & à ſon deshonneur.
Apres tout elle aborde à ces Champs Venerables,
Qui de tous les gräds Rois font des Dieux adorables?
Gvstave ſe produit le premier à ſes yeux,
Comme entre les Heros c'eſt le plus Glorieux;
Il eſt Ombre en effet, mais vne Ombre éclatante,
Nôtre Soleil n'a pas la face ſi luiſante,
La majeſté du lieu le rend beaucoup plus grand,
Et à peine les Dieux ſont dignes de ſon rang:
Mais quoy qu'il ſoit en paix, il reſpire la guerre,
Dans ſon repos il ſonge à celuy de la terre;
Combien qu'il n'y ſoit plus, il y veut triompher,
Et faire vn ſiecle d'or par la force du fer;
Son viſage pourtant, s'il ſemble redoutable,
Eſt d'autre part ſi doux, qu'il paraiſt plus aimable,
Dans ſa poſture graue, il adoucit ſes traits,
Et méme ſes éclairs ſont d'illuſtres attraits.
    Le vray Roy de Boheme eſt prés de ſa Perſonne,

C

Et l'Empereur luy rend humblement ſa Couronne,
Ayant veu que Guſtaue abatoit ſa Maiſon,
Pource qu'elle choquoit les autres ſans raiſon.
Il regrette à preſent de l'auoir enrichie,
Et Maudit en effet le nom de MONARCHIE,
Qui luy fit ſouhaitter d'eſtre le grand Seigneur,
Pour perdre ſes Eſtats, comme tout ſon honneur.

    La Nymphe s'adreſſant à ce Dieu des alarmes,
Luy parle beaucoup moins par diſcours, que par
        larmes ;
Ses pertes d'vne part luy font perdre le cœur,
Mais elle peut tout vaincre, ayant veu ce Vainqueur,
Elle le prie donc d'appuyer ſon courage,
Et d'entendre ſa voix, ayant veu ſon viſage.
Faut-il que vôtre bien ſoit cauſe de mes maux ?
Et que vôtre repos augmente mes trauaux ?
Trouuez-vous du plaiſir à me voir dans la peine ?
Et me deliuriez vous pour me mettre à la géne ?
Auez vous moins de force ayant plus de pouuoir ?
N'eſtes vous éleué que pour ne nous plus voir ?
Las ! que me ſeruoit-il d'obtenir ma franchiſe,
S'il me la falloit perdre apres l'auoir repriſe ?
Ie tiens à grand malheur vne felicité,
    Qui trahit mon eſpoir apres l'auoir flatté.
On ſent plus les douleurs qui ſuiuent les delices,
Lors les plus grands plaiſirs ſont les plus grands
        ſupplices ;
Ainſi repentés-vous de vos propres bienfaits,
Ou faites m'en ioüir par de nouueaux effets.

Si ma cause à vos yeux ne semble pas prisable,
Qu'au moins vôtre renom vous soit considerable,
Il est vny, grand Prince, auec ma liberté,
Et ie ne la perds point, qu'il ne vous soit osté.
Vos Palmes vont tomber si ie ne me releue,
Et lors que ie combats, vous n'auez point de Tréues
Ie sçay bien que la mort vous prit Victorieux,
Vous estiez vn Heros deuant qu'estre vn des Dieux:
Mais sçachez qu'à present vos Troupes ont du pire,
La Suede commence à ceder à l'Empire,
Ce braue Mareschal qui dans tous les combats,
Seruoit par sa prudence autant que par son bras,
Celuy que les perils voyoient dans l'assurance,
Et dont le seul abord fit esbranler Constance.
Horn est pris maintenant, & vn triste-loisir
Luy défend en effet, de m'aider qu'en desir.
Ie perds beaucoup en luy, mais c'est vostre Couronne,
Qui perd en vn sujet vne forte Colonne.
L'Arbitre de la guerre, & des Traitez de Paix,
Qui dans les Mouuements ne s'esmouuoit iamais ;
Oxenstern m'abandonne, & auec sa presence
Ie quitte tous mes droits, comme mon esperance ;
Le Conseil Ennemy se va rendre absolu,
S'il me faut approuuer, ce qu'il a resolu ;
  Le Lantgraue de Hesse ayant perdu la vie
Me peut-il conseruer, si ie suis poursuiuie ?
Luy qui dans les Combats n'auoit pas pû mourir,
Dans vne heure de Paix est contraint de perir.
Ce qui dans son malheur m'afflige dauantage,

C'eſt qu'il me defendoit, où la Heſſe m'outrage,
Son Prince n'eſtant plus, elle n'a plus de cœur ;
Et meſme ſa foy manque autant que ſa vigueur.
Dans ces oppreſſions ie ſerois étouffée,
Si la Vertu des maux ne faiſoit ſon trophée,
Et le Duc de WEIMAR par vn Heureux effort,
Expoſant ſon ſalut, n'euſt empeſché ma mort.
Naiſſant pour commander, il eſt né pour combatre,
On le peut trauerſer, mais il peut tout abatre ;
Il rencontre vn Laurier, trouuant vn Ennemy,
Et plus il eſt choqué, plus il eſt affermy.
Tout le monde le craint, tout le monde l'admire,
Et méme en l'attaquant, il merite l'Empire.

Le Mareſchal Banier.

Cet autre Mareſchal qui triomphe touſiours,
Ayant preſque autant veû de combats que de iours,
S'eſt iuſtement acquis vne gloire infinie,
En conſeruant vn coin de la Pomeranie.
Auecque peu de gens il a fait tout trembler,
Galas en le voyant commence à chanceller ;
La Saxe reconnoit quand il s'approche d'elle,
Qu'on n'eſt pas aſſuré, quand on eſt infidele ;
Ce grand Chef & ſes gens par leurs hoſtilitez,
Luy font maudire en fin & Tréues & Traitez.
Les miſeres pourtant qui ſuiuent ſon armée,
Sans effort d'ennemy, l'ont preſque conſumée ;
Il me laiſſe à regret, mais il faut me quitter,
Ses gens pour me ſeruir deuant réſuſciter.
Il ſe rit neantmoins de toutes ces diſgraces,
S'il quitte la Campagne, il occupe des Places,

Il ne veut pas ceder mesme à l'extremité,
Et trouue du bonheur dans la calamité.

Faites donc que la Reine ayant pris la Couronne,
Represente vos soins comme vôtre Personne,
Que le Nom Suedois me soit tousiours fatal,
Et pour causer mon bien, & pour vaincre mon mal.
L'Inuincible LOVIS *aura trop de Iustice*
Pour voir les Innocens tousiours dans le supplice;
Me donnant du secours pour reprendre mes droits,
Auec ses Lieutenans, ie receuray ses Loix.
Pour vn Prince si grand les Gaules sont petites,
Il les faut élargir, leur rendant leurs limites.
L'Ange de son Conseil, & son plus ferme appuy,
Qui s'estime si grand d'estre abaissé sous luy,
Ce Diuin CARDINAL, *ce Miracle de Rome,*
Qui iuge en sa faueur qu'il est déja plus qu'homme,
Ce Duc qui joint sa gloire auec mes interests,
Et qui songe à m'aider lors que ie disparais,
Dans vn si grand orage apportera du calme,
Et semant le bon-heur, il cueillera la Palme.
Ayant vaincu par tout, il pourra bien par droit
Pretendre asseurément de vaincre en vn endroit.
Ses auis secondant la Valeur de son Prince,
Feront de tout l'Empire vne seule Prouince.

Ce grand Entremetteur des affaires des Rois,
Qui n'est pas moins chery, qu'honoré des François,
Vous fera triompher par zele, & par adresse,
Et rendra vos soldats plus forts dans la foiblesse;
Les Emplois du passé le rendant glorieux,

Monseigneur Grossius Ambassadeur en France pour la Couronne de Suede.

Le rendent plus conſtant, comme plus vigoureux;
Agiſſant puiſſamment, il ſemble agir ſans peine,
Il a dans l'incertain vne veuë certaine,
Ce qui nous ſemble obſcur, n'eſt pour luy que clarté,
Il connoit par effet, ce qu'on a projetté,
Rien ne peut eſchapper à ſon Intelligence,
Comme rien n'a iamais trompé ſa diligence;
Eſtant donc ſi puiſſant, ſi noble, ſi loyal,
Peut-il auoir d'employ qu'il n'en ait vn Royal?
Vous voyez cependant que ma cauſe eſt ſi juſte,
Qu'on voit de mon coſté, tout ce qu'on voit d'auguſte.
    GVSTAVE *ayant oüy doucement ces propos,*
Entre apres en fureur dans le lieu du Repos;
La qualité de dieu commence à luy déplaire;
Et la Felicité luy ſemble eſtre contraire;
Tous les Heros luy ſont moins chers que les Guerriers,
Il cherche des perils, recherchant des Lauriers;
Donc il s'en prend au ciel pour reuenir ſur terre,
Et croit eſtre en priſon n'eſtant plus à la guerre.
Les Dieux apprehendant que ſuiuant ſes deſirs,
Ce Roy ne leur rauît leur gloire, & leurs plaiſirs,
Font deſſein, pour flatter leur cœur, & ſa vaillance,
De nous le rendre icy, ſans perdre ſa preſence.
Ces braues Generaux, qu'on voit en vôtre lieu
Agiront comme vous, repreſentant vn dieu.
Nous leur inſpirerons cette ardeur genereuſe,
Qui ne croit eſtre rien qu'eſtant victorieuſe;
Vos Palmes qui ſechoient, reprendront leur vigueur,
Vos gens ſans vôtre corps, feront voir vôtre Cœur.

Vous, Nymphe, qui pleurez, triomphez d'allegreſſe,
C'eſt pour vous mieux guerir ; que l'Ennemy vous
    bleſſe.
Il s'eſleue fort haut, pour choir plus rudement,
Vôtre plaiſir viendra, d'où vient vôtre tourment.
Nôtre ordre ſur ce point preuient vôtre demande ;
Car vous pretendez vaincre, & on vous le commande ;
La Victoire autrefois auoit ſuiuy ſon Roy,
Mais nous l'auons en fin ſoûmiſe à vôtre Loy.
Elle accompagnera vos Deſſeins, & vos Armes ;
Moderez vos plaiſirs, loin de ietter des larmes,
    L'Allemagne en effet appaiſe ſes douleurs,
La ioye ſeulement luy fait ietter des pleurs.
Elle va triompher allant voir ſa miſere,
Les Dieux ne diſent rien qu'ils ne puiſſent bien faire.
Elle éprouue auſſi tôſt qu'vn de ſes Protecteurs,
Se rend Maiſtre en vn iour de quatre Vſurpateurs ;   Son Alteſſe de VVeimar
Le Coloſſe d'Auſtriche eſt renuerſé par terre,
Tous les coups de canon luy ſont coups de tonnerre,
Briſac dont on n'oſoit deſſeigner le blocus,
Reconnoît pour Vainqueurs, ceux qu'il croyoit
    vaincus.
BANIER d'autre côſté commence à tourner teſte,
Les Ennemis penſant qu'il fuſt ſur la retraite ;
De la Pomeranie il reuient ſur ſes pas,
Et fait trembler tous ceux qui ne le craignoient pas ;
La Boheme & la Saxe ont de la ialouſie,
Quelle s'en pourra voir plus promptement ſaiſie ;
Mais pour les accorder, vn Chef ſi genereux

Domptant tous ſes riuaux , les prendra toutes deux.
C'eﬅ le quartier d'Hyuer , que deuons nous attendre
D'vn Eſté qui fait tout , & peut tout entreprendre?
Ie preuoy que Vienne applanit ſes ramparts ,
Et pour nous faire entrer , s'ouure de toutes parts ;
Prague pareillement qu'on nous auoit fermée ,
Reçoit vn autre Roy , receuant notre armée.
Ie vois les Allemans aidez par les François ,
Gagner leur liberté , pour reprendre nos Loix.
La Victoire m'a dit qu'en moins de deux Campagnes
Noﬅre Party tiendra toutes les Allemagnes ;
Et vainquant vne fois l'Ennemy pour iamais ,
Cette guerre en effet nous va cauſer la Paix ;
La bonace par fois ſuit le plus grand orage ,
La mer pouſſe en fureur l'ambre-gris au riuage ;
Le repos le plus doux prouient du mouuement ,
On ſent plus le plaiſir , lors qu'on ſort de tourment ,
Les AIGLES n'ayant plus ny de ſerres , ny d'aiſles ,
Nous n'aurons plus beſoin de nous defendre d'elles.

GRENAILLE.

www.ingramcontent.com/pod-product-compliance
Lightning Source LLC
Chambersburg PA
CBHW070913200626
46818CB00006BA/2502